HUNDERT AUGEN

Hervé Le Tellier

ICH VERLIEBE MICH SO LEICHT

Roman

Aus dem Französischen von
Romy und Jürgen Ritte

Rowohlt Hundert Augen

Die Originalausgabe erschien 2007 unter dem Titel
«Je m'attache très facilement» bei Éditions Mille et une nuits,
département de la Librairie Arthème Fayard, Paris.

Deutsche Erstausgabe
Veröffentlicht im Rowohlt Verlag, Hamburg, Oktober 2022
Copyright © 2022 by Rowohlt Verlag GmbH, Hamburg
«Je m'attache très facilement» Copyright © 2007 by Éditions Mille
et une nuits, département de la Librairie Arthème Fayard
Satz aus der ITC Legacy Serif
bei Pinkuin Satz und Datentechnik, Berlin
Druck und Bindung GGP Media GmbH, Pößneck, Germany
ISBN 978-3-498-00312-8

«Alles, was erfunden ist, ist wahr.»
Gustave Flaubert

«Ich verliebe mich so leicht.»
Romain Gary

ZU LANGE VORREDE

Inverness stammt aus dem gälischen *Ibhir Ness*, für «Mund des Ness». Ein Monster spukt in seinem *Loch*, aber unser Held, der dort am nächsten Tag landen wird (Flug BA 823), begibt sich keineswegs auf die Jagd nach ihm. Er reist ins Herz der Highlands, um eine Frau wiederzufinden, eine, wie das zuweilen in Schottland vorkommt, sehr blonde Frau, zwanzig Jahre jünger als er, womit ihr Porträt nicht einmal ansatzweise umrissen wäre.

Er kommt, um sie wiederzusehen, derweil sie sich dort seit zwei Wochen bei ihrer Mutter aufhält und der Mann, mit dem sie ihre Nächte verbringt, also beinahe ein Ehemann, einige Tage später zu ihr stoßen wird. Es handelt sich also um das, was man gemeinhin eine Verrücktheit nennt. Davon hat er schon viele begangen, und er wird noch weitere begehen. Er ist, wissentlich Oscar Wilde zitierend, davon überzeugt, dass Verrücktheiten die einzigen Dinge sind, die man niemals bereut.

Es ist nur recht und billig, am Anfang dieser Erzählung ein wenig mehr über unseren Helden zu sagen. Er wird bald fünfzig Jahre alt. Es gibt keine fünfzig Arten, fünfzig zu werden. Es gibt nur zwei: Bei der ersten redet man sich ein, noch jung zu sein; bei der zweiten beklagt man sich darüber, schon alt zu sein. Unser Held müsste eigentlich beide verwerfen, die eine aus Respekt vor der Wirklichkeit, die andere aus einer unerhörten Willensanstrengung heraus, aber er belässt es störrisch bei einer Balance zwischen beiden, je nachdem, wie der Morgen oder der Abend aussieht. Er hat nicht ganz unrecht: Schließlich wird gewiss in zehn Jahren sein Testosteronspiegel langsam sinken, und ohne medikamentöse Hilfe dürfte diese Definitionsfrage definitiv geregelt sein. Es reicht zu sagen, wenn dies nicht seine ersten alten Tage sind, dann sind es zumindest seine letzten jungen Jahre.

Unser Held hat einige Anstrengungen unternommen. Er kommt gebräunt an (manche würde sagen gerötet, aber gewisse Cremes wirken Wunder), ein wenig muskulöser (das Ausgangsniveau war nicht sehr hoch), einigermaßen verschlankt (er ist nicht dick gewesen). Er hofft, dass diese winzigen Unterschiede der jungen Frau auffallen werden, und möchte sich dennoch nicht zu stark von dem Mann unterscheiden, dem es gelungen war, sie zu verführen. Er erinnert sich an die Geschichte jener Frau, die ihren in die Jahre kommenden Partner für einen noch älteren Mann verlässt, weil der Partner sich anstrengt, jung zu bleiben.

Denn unsere Heldin scheint Männer im reifen Alter zu mögen. Ihr regulärer Partner – gestatten wir uns diesen Ausdruck – hat, auf einen Monat genau, das Alter des irregulären. Besser zwei fünfzigjährige Liebhaber als nur einen hundertjährigen, werden die Spaßvögel sagen. Unserem Helden ist nicht bekannt, warum unsere Heldin reife Männer schätzt (wir ziehen diesen Terminus ganz entschieden dem Begriff «alte» vor). Er stellt sich vor, dass deren Weisheit, deren Erfahrung, vielleicht der soziale Status Gründe sind – lauter Dinge, die ihn nur wenig betreffen –, und nicht einen Augenblick zieht er in Erwägung, dass die Falten, die Pölsterchen und die zunehmend hohe Stirn den *sex appeal* ausmachen könnten. Er glaubt, dass da zwischen ihr und ihm ein Missverständnis vorliegt, sagt aber lieber nichts dazu. Unser

Held vergisst, dass die Jugend, die absichtslos verführerisch ist, nicht immer aufs Verführen aus ist. Das reife Alter verschwendet von morgens bis abends all seine Kraft darauf. Zweifelsfrei kommt unsere Heldin bei dem ängstlichen Bestreben der beiden Herren, ihr zu gefallen, auf ihre Kosten.

An jenem Abend, als unser Held zum ersten Mal der Heldin begegnete, befand sie sich in Begleitung ihres offiziellen Freundes. Zu diesem Anderen (wählen wir diesen wunderbar unscharfen Ausdruck) fiel ihm nichts ein. Er fand ihn nicht charmant, aber das war nur eine flüchtige Einschätzung. Unser Held ist ihm seither nicht mehr begegnet, hat aber, neugierig, wie er ist, diskrete Nachforschungen angestellt und geschickt gemeinsame Bekannte befragt. Nichts, was ihn beunruhigen müsste, so lautet seine Schlussfolgerung. Sagen wir, dass sie – falls Gesellschaftliches für sie von Bedeutung ist – in der gleichen Liga spielen.

Gewiss, der Andere hat ihm etwas voraus. Drei Jahre seines Lebens, das ist enorm, scheint zumindest sie zu glauben, denn damit liegt sie ihm pausenlos in den Ohren. Der Andere ist ihre Familie geworden, er ist nur ein Fremder. Es stimmt, unser Held kennt sie erst seit zwei Monaten, und sie haben sich, wie oft wohl?, zehnmal, vielleicht fünfzehnmal gesehen. Wie er in so kurzer Zeit ein Netz hat spinnen können, in dem er sich mit jeder Stunde ein wenig mehr verfängt, das ist eine ganz andere Frage.

Niemand wird uns widersprechen: Unsere Heldin ist hübsch, sehr hübsch. Das weiß sie natürlich. Man kann von hübschen Frauen, die das von jedem Mann gesagt bekommen, nicht verlangen, dass sie sich so verhalten, als ob sie hässlich wären. Die unsere ist groß, schlank, hat entzückende kleine Brüste, und das Fahrradfahren hat die zierlichen Pobacken gefestigt; ihr Gesicht ist mit Sommersprossen gesprenkelt, ihre Augen sind blau mit goldenen und violetten Einschüssen, ihr Haar ist blond und kurz geschnitten. Aus einem gewissen Blickwinkel ist unsere Heldin etwas weniger attraktiv, aber dieser Eindruck ist wirklich flüchtig. Was unseren Helden betrifft, so ist er, ebenfalls aus einem bestimmten Winkel betrachtet, sehr schön, aber diese Betrachtung ist noch flüchtiger.

Sie ist auch intelligent, kultiviert, wenngleich vielleicht ein wenig zu reflektiert – ihre Vorliebe für deutsche Schriftsteller ängstigt ihn zuweilen. Ihn selber zieht es eher zu den Aposteln des Spaßigen: Es fällt ihm schwer, genau diejenigen ernst zu nehmen, die sich selbst schon so ernst nehmen, als Bewohner des dritten Planeten eines Sonnensystems zweiter Ordnung. Dass er nicht weiß, ob sie Humor hat, daran ist er selber schuld: Aus Angst, dass sie sich langweilt, wenn sie sich sehen, glaubt er, Humor für zwei aufbringen zu müssen. Er weiß, sie kann sanft, zärtlich sein. Er fürchtet, dass sie manchmal hart sein kann, ohne dass er ihr Grausamkeit unterstellte.

Liebt er sie? Sein aktueller Zustand weist alle Symptome der Liebe auf: schmerzende Ungeduld, Kurzatmigkeit, Beklemmung, totale Appetitlosigkeit. Tagelang hat er, mit einem Gefühl wirklicher Abhängigkeit, nur an sie gedacht. Eine Sucht, die im Nachhinein auch die Bezeichnung Heroin für Heldin rechtfertigt. Woran denkt er, wenn er an sie denkt? An ihre Augen, ihren Mund, ihren Nacken, an andere Teile ihres Körpers, die sich nicht alle aufzählen lassen. Es ist ein physisches Verlangen, das er nicht leugnen kann. Was ihn aber zu ihr hinzieht, ist vor allem ein Leiden, das er zuweilen klarsichtig als Verlustangst analysiert, eine Angst, die umso schmerzhafter und unverständlicher ist, da man nicht verlieren kann, was man nicht besitzt. Träumt er von ihr, von dem, was eines Tages sein könnte? Aus heilsamer Vorsicht versucht er, sich jeden Zukunftsplan zu verbieten. Er liebt sie – schrecken wir nicht vor den Worten zurück –, und er ist sich bewusst, dass er das nicht sollte.

Liebt sie ihn? Nein, würde jeder vernünftige Mensch antworten. Sie schont ihn nicht, lässt ihn niemals glauben, dass sie in irgendeiner Weise von ihm abhängig sei. Sie ist in der Lage, tagelang kein einziges Lebenszeichen von sich zu geben. Sollte es nicht um Liebe gehen, sondern nur um Liebesbeweise, so fehlen diese jedenfalls. Es sei denn, man betrachtete ihre körperliche Hingabe, die Öffnung ihrer Lippen für seine Küsse, als Zeugnisse derartiger Gefühle für ihn – was zu glauben unser Held beschlossen hat. Er findet Trost in der Erinnerung an ihre stets innigen Umarmungen. Dank der Anspannung ihres jungen Körpers unter seinen Händen weiß er, dass er für sie, bei jeder ihrer Begegnungen, Lust bedeutete.

Sagen wir also, dass Liebeserklärungen und zärtliche Worte rar sind. Aber auch das beweist nichts, hat unser Held entschieden, der nicht vergisst, dass es doch welche gegeben hat, sehr zartfühlende sogar. Er zieht es vor zu glauben, dass die Unbeugsamkeit unserer Heldin daher rührt, dass sie jedes überflüssige Geständnis für ein Versprechen hält und dass ihre Aufrichtigkeit darin besteht, ihm niemals Hoffnungen zu machen, da enttäuschte Hoffnungen Quell des Leidens sind. Könnte unser Held diesen schwerfälligen und plumpen Satz lesen, den der Erzähler da gerade von sich gegeben hat, würde er aufseufzen, so fern liegen ihm, dem Armen, derartige Strategien.

Mit den Jahren und den Spuren der Zeit auf seinem Körper und in seinen Gesichtszügen sind unserem Helden Zweifel daran gekommen, dass man ihn begehren könne. Aber seltsamerweise ist er, sobald eine Frau Interesse an ihm bekundet, davon überzeugt, dass es Liebe sein muss. Er kennt seine Stärken: eine gewisse Intelligenz, ein Humor, den er sich in jeder Lage zu bewahren weiß, eine unstrittige Sanftheit. Er ist kein schlechter Liebhaber, er ist auch aufrichtig, aufmerksam und zärtlich. Er ist zerbrechlich und empfindsam, was sich in den Augen gewisser Frauen als Vorteil erweisen sollte. Und er kann, zum Zwecke der Verführung oder einfach nur Überredung, Kräfte entwickeln, die ihn selbst überraschen. Deswegen verblüfft es ihn, dass diese junge Frau, die ihn ganz eindeutig begehrt, genauso leichthin den Liebesgefühlen widersteht, die er ausstrahlt, wie dem Gefühl der Liebe, das sie in ihm weckt. Alles weist darauf hin, dass ihr die Gefühle unseres Helden auf die Nerven gehen. Wir verfolgen das nicht weiter.

Der Treffpunkt liegt an einer Fernstraße, genauer gesagt an der Kreuzung zwischen der A 32 und der S 70, neben einem Straßenschild, das in die Richtung dieses unglaublichen «Inchnadamph» weist. Tags zuvor hat unser Held bis tief in die Nacht Karten der Highlands studiert, auf denen die A 32 zinnoberrot und die S 70 mit grünem Rand, weil vermutlich touristisch interessant, markiert waren. Im Internet hat er zehn verschiedene Online-Routenplaner aufgerufen, die Satellitenansichten herangezoomt, bis der Ort Inchnadamph zu einem Pixelnebel verschwamm. Wäre die Karte das Gebiet, könnte er sich mit geschlossenen Augen dorthin begeben. Durch den Abgleich der Telefonnummer, die auf dem Handy angezeigt wurde, als sie ihn aus Schottland anrief, mit einem Telefonbuch der Region hat er die Adresse und den Vornamen dieser Mutter herausgefunden, bei der sie sich aufhält. Ein sehr schottischer Vorname, dessen Existenz unser Held nicht einmal geahnt hat. Wenn alles schiefginge, könnte er mithilfe eines bestochenen Taxifahrers immer noch den Typen spielen, der genau vor ihrem Haus eine Panne hat, was, metaphorisch gesprochen, nicht weit von der Wahrheit entfernt wäre.

Was wird der erste Satz der jungen Frau am Rande dieser Straße sein? Gewiss, nicht alles hängt davon ab. Aber diese Frage liefert einen ziemlich guten Vorwand, den Prolog zu beschließen.

ERSTES KAPITEL

In dem unser Held ein Opfer der Logistik ist.
Deprimierende Aussichten.

Misstrauen wir stets einer zu gut vorbereiteten Reise, wie kein Sprichwort sagt. Unser Held hat alles geplant außer den drei Stunden Verspätung beim Start. Ein neues Flugzeug wird benötigt, und die Landung ist nunmehr für den frühen Abend vorgesehen. Pech am Flughafen, Glück in der Liebe?

Er unterrichtet die Heldin über seine Verspätung, schickt ihr zunächst eine SMS, ruft sie dann an (er bringt bei ihr etwas zu häufig die Methode «doppelt genäht hält besser» zur Anwendung). Dabei hat er doch gelernt, dass Gleichgültigkeit, Distanz, seien sie auch nur gespielt, Waffen sind. Aber unser Held ist kein Mann der Waffen, und er ist nicht berechnend. Am Telefon zeigt sie sich kaum betrübt über diesen Zwischenfall und schlägt ihm sogleich vor, sich eher am nächsten Tag zu treffen statt am Abend oder gar am späten Abend. Eine kleine Sprechpause bei ihrem Gesprächspartner bewegt sie immerhin zu dem Vorschlag, sie gleich nach der Landung seines Flugzeugs anzurufen und erst dann zu entscheiden. Er pflichtet ihr bei. Der Anruf ist kurz. Sie will die Unterhaltung nicht in die Länge ziehen, er möchte nicht insistieren oder vielmehr nicht aufdringlich sein.

Er legt auf. Das ziemlich falsche Lächeln, das er seinen Lippen verordnet hatte, verschwindet. Er hatte sich einen Gesichtsausdruck absoluter Unbeschwertheit zurechtgelegt, und da versinkt er nun wieder in Tristesse. Seit fast einer Woche hatte er sie nicht mehr angerufen – denn es ist fast immer er, der anruft. Sie hatte sich Einsamkeit ausbedungen, er hatte sie ihr zugestanden. Er hat ihre melodische und distanzierte Stimme wiedergefunden, deren so eigenartige Artikulation eine dauernde Ungeduld suggeriert. Lange Zeit war er nicht in der Lage, eine belanglose Nachricht von seinem Anrufbeantworter zu löschen, nur weil man aus ihr eine, für seinen Geschmack zu seltene, Zärtlichkeit heraushören konnte. In diesem Augenblick würde er sie gerne erneut hören.

Ich hätte nicht kommen sollen, wiederholt sich unser Held. Mich wiederzusehen, hat für sie bei Weitem keine Priorität, es scheint sogar ein Ärgernis zu sein. Damit habe ich einen weiteren Beweis für ihre Gleichgültigkeit.

Aber auch wenn seine ganze Logik ihm diese Schlussfolgerung aufzwingt, zieht er es vor, sich an weniger unerfreuliche Interpretationen zu klammern: Sie wird ihrer Mutter nicht Bescheid gesagt haben, sie will nicht spät am Abend, oder gar nachts, noch Fahrrad fahren, lauter wenig zufriedenstellende Erklärungen. Er findet sich lächerlich, beurteilt sich von nun an mit einer gewissen Verachtung, die in seinen Augen die Geringschätzung, mit der man ihm begegnet, am Ende fast schon rechtfertigt. Er muss sich zusammenreißen. Mehr Mut, zum Teufel! Was soll's schon, wenn er sie doch morgen sieht! Was bringt es ihm, darauf zu beharren, sie heute Abend auf ein paar Minuten nur zu sehen, im Regen, in einem Leihwagen? Der immer groteskere Charakter der Situation entgeht ihm nicht.

Unser Held greift erneut nach seinem Handy. Er ruft seine Kinder an. Er hat, eine zweifellos überflüssige Präzisierung, derer zwei: eine zwölfjährige Tochter, einen zehnjährigen Sohn, beide absolut reizend. Er hat soeben drei Juli-Wochen mit ihnen am Meer verbracht. Gestern sind sie – das ist die Regel – mit ihrer Mutter abermals in die Ferien gefahren, für den ganzen Monat August. Er schämt sich nicht, an ihrem fröhlichen Lachen, dem Klang ihrer Stimmen zu hängen. Sie zu hören, so vermutet er, wird ihn zu einige süße Minuten lang zu einem einfachen Liebesglück zurückführen, zu seinem zweiten Leben, dem Leben als strahlender Vater. Am anderen Ende wird abgehoben, und der Zauber funktioniert. Voller Begeisterung spricht der Junge vom Fußball (der PSG hat Lens 2 zu 1 geschlagen, genial), die Tochter beschreibt überschwänglich das kleine Schwimmbad, das die Großeltern gebaut haben (es gibt ein Bullauge, um es nachts zu beleuchten, super). Man plaudert über alles und nichts, seine Augen lachen, alles geht besser, alles geht gut.

Er legt auf, fragt nach dem großzügig von der Fluggesellschaft angebotenen Getränk. Eine herbstliche Kühle macht sich nach und nach in diesem Flughafen mit dem Namen des Generals und Präsidenten breit, wo niemand außer ihm ungeduldig zu sein scheint. Die Passagiere am Gate 26 fliegen nach Tel Aviv, die vom Gate 23 nach Algier, die vom Gate 22 nach Reykjavík.

Das Personal der britischen Fluggesellschaft hat beschlossen, unsichtbar zu bleiben, obwohl die versprochene Abflugzeit bereits erneut weit überschritten ist. Wird er vor Einbruch der Nacht abfliegen? Er streift die Baumwolljacke über, die er mitgenommen hatte, um sich gegen die Kühle der keltischen Abende zu wappnen. Das ungebleichte Weiß der Wolle beißt sich mit dem ausgebleichten Bordeauxrot der Sitze im Wartesaal.

ZWEITES KAPITEL

In dem Charles de Gaulle ein Drecksack ist.
In dem unser Held die Heldin
zum Sprechen bringt.
Einschreiten eines mutigen Mannes.

Vorgesehener Abflug mit mehr als fünf Stunden Verspätung. Eine Ersatzmaschine kommt aus London. Unser Held kann sich nun nicht mehr in der Hoffnung wiegen, sein Reiseziel noch vor später nächtlicher Stunde zu erreichen. Er hat die junge Frau angerufen, um ihr Bescheid zu geben, und schlägt ihr ein letztes Mal vor, sie abzuholen und die Nacht mit ihr zu verbringen. Diese weist den Vorschlag zurück, besteht darauf, dass er sie am nächsten Tag anrufen solle. Sie will, so ihre Begründung, ihrer Mutter keine Lüge auftischen. Unser Held nimmt diesen Vorwand als das hin, was er ist, und begnügt sich damit. Er versucht nichtsdestoweniger – du kannst dich nicht neu erfinden –, unserer Heldin einen zärtlichen Satz abzuringen oder wenigstens ein paar ermutigende Worte. Sie gibt nicht nach, doch tut es ihr, so viel gesteht sie ihm zu, immerhin leid zu hören, dass er in Charles de Gaulle festsitzt. Dann gibt sie ihr Einverständnis, dass er sie anruft, sobald er auf dem Weg nach Braemore ist. Tut mir leid, hat sie gesagt. Das ist wenig. Sehr wenig. Ehrlich gesagt, ist all dies zum Heulen. Aber unser Held ist zu groß, um zu heulen.

Lachen wir ein wenig: Vom Pariser Flughafen aus hat unser Held auch das Hotel angerufen, um seine Verspätung anzukündigen. Ein sehr sympathischer Schotte, rothaariger Kahlkopf, untersetzt, der auf denselben Flug wartet, hat sein verwaltungstechnisches Gespräch mitgehört. Er spricht unseren Helden an, der ihn staunend betrachtet. Mein Gott, dieser Typ ist todsicher genauso alt wie ich. Es schaudert ihn, und er fragt sich, ob er wirklich sicher sein kann, jünger auszusehen.

Mit größter Liebenswürdigkeit nennt ihm der Mann den besten Weg in die Stadt, deren Namen er erwähnt hat. Er betont, das reservierte Hotel sei großartig. Sie haben Glück, dort eine Nacht zu verbringen, schließt er. Unser Held denkt daran, dass gerade diese Nacht eine einsame Nacht sein wird und dass er das Etablissement verlassen wird, ohne dass sich dort bis zum Zeitpunkt des Auscheckens die junge Frau zu ihm gesellt hätte. Dennoch dankt er dem sehr sympathischen Schotten, so gut er kann.

Aber vier Sterne für einen Mann allein, das ist viel weniger gut als zwei Sterne für zwei.

DRITTES KAPITEL

Die Gnade des Zufalls.
Trotz aller Widrigkeiten bekommt unser Held
wieder Oberwasser.

Es ist gegen acht Uhr abends, als die DC-10 end-lich beliebt, auf schottischem Boden aufzusetzen, nachdem die Fluggesellschaft (die wir hier nicht ver-unglimpfen wollen) ihre Fluggäste mit unsäglichen Panini vollgestopft hat, für die sie schamlose fünf Euro berechnete. Unser Held stürmt als Erster aus der Gepäckausgabe – eben weil er ja gar kein Gepäck hat –, eilt zum Büro von *Avis Car Rental*, nimmt die Schlüssel in Empfang, rennt los, um das Fahrzeug zu suchen, schmeißt seine Tasche in den Kofferraum, öffnet die Tür und setzt sich dämlicherweise auf die Beifahrerseite, denn dies ist ein britisches Auto. Zum Glück gibt es keinen Zeugen dieser Handlung. Hinter dem abwesenden Lenkrad auf dem Platz des Beifahrers in einem fremden, stillstehenden Fahr-zeug ohne Chauffeur zu sitzen, das ist schon eine bemerkenswerte Definition seiner amourösen Lage.

Eine lange halbe Stunde Wegs später, mit linkshändiger Gangschaltung, einem ebenso nutzlosen wie deprimierenden Anruf – «Lieber morgen», wiederholt sie – steht er in einem seltenen Zustand physischer und moralischer Erschöpfung in seinem Hotel. Aber der Zufall weiß die Dinge mit Eleganz zu regeln: Das Etablissement ist an Scheußlichkeit nicht zu überbieten, und dieser Befund ist fast schon erfreulich, denn dort eine Liebesnacht zu verbringen, wäre gänzlich unpassend. Das *Great Southern Hotel Braemore* ist ein riesiger Kasten mit Dutzenden von Zimmern, kitschiger Beleuchtung, langen Fluren und höchst scheußlichen Teppichen mit Motiven aus goldenen Laubholzsprossen auf schwarzem Grund. Man würde sich nicht wundern, dort am Ende eines Korridors den blonden Zwillingsschwestern aus *Shining* zu begegnen, und Blut könnte in Strömen aus den Aufzugkabinen fließen. In der Eingangshalle singt die Callas *La Wally*, aber wer ließe sich täuschen? Das Zimmer ist riesig, ebenso das Bett, und unser Held nimmt sich vor, quer darin zu schlafen, um den größtmöglichen Gewinn aus seiner Investition zu ziehen.

Er beglückwünscht sich auch selbst zu dem Entschluss, ein Tagebuch seiner Missgeschicke zu führen – an «Geschick» wagt er nicht zu denken. Diese

Art von *work in progress* erlaubt es ihm, in der Illusion zu leben, nicht ganz umsonst hier zu sein, aber sind die Illusionen nicht die Motoren seiner Lage? Sein Gefallen an Ästhetik und Absurdem ist befriedigt. Fußnoten wären nötig, sagt er sich. Er wird welche schreiben. Später, vielleicht.

Die telefonische Verabredung mit der Heldin wurde für morgen, zehn Uhr getroffen. Seine Rede hat er schon vorbereitet, er wird sie bitten, ihm seine Hartnäckigkeit vom Vorabend zu verzeihen, die zweifellos dem Überdruss des Wartens geschuldet war. Er wird ein neuer Mann sein, das nimmt er sich fest vor.

Aber ist eine erholsame Nacht in dem seltsamen Zustand, in dem unser Held sich befindet, möglich? Und wird sie guten Rat bringen?

Nein.

Die Nacht heilt nichts. Unser Held träumt übrigens.

Er ist ihr weit gefolgt, sehr weit, in ein Hotel am Meeresufer, das es gewiss nirgendwo gibt. Für Leser, die den Film von Chris Marker kennen, ähnelt es dem Hotel in *Am Rande des Rollfelds*. Alle übrigen müssen sich ein modernes und leeres Gebäude aus viel Beton und wenig Glas vorstellen, fast ein Bunker inmitten eines entlaubten Kiefernwaldes, unter grauen Wolken, die einen trüben Horizont überdecken. Unsere Heldin ist dort mit dem Anderen auf einem breiten schmutzigen Strand aus grobem Kieselstein, der von Dutzenden von Menschen belagert wird, die nur ans Meer gekommen sind, um ihre Langeweile dorthin zu verpflanzen. Es herrscht Oktoberwetter, kein Wind. Unser Held steigt einen Pfad hinab und nähert sich ihnen. Sie sieht ihn. Er weiß nicht mehr, wie der Andere im wahren Leben aussieht, aber hier, in diesem Traum, hat er kein klares Bild von ihm, was ohne Bedeutung ist. Sie sind dabei, Postkarten zu schreiben, die sie an gemeinsame Freunde verschicken wollen. Sie sprechen Vornamen aus. Er erkennt keinen davon wieder. Diese Unkenntnis an sich schmerzt ihn. Zwei himmelblaue Matratzen liegen neben ihnen, es können nur ihre sein. Er lässt sich auf einer von ihnen nieder. Sie ist einen Meter von ihm entfernt. Trotz der Gegenwart des Anderen ist sie völlig natürlich, ganz wie unser Held. Er betrachtet das Meer, die Badenden, beobachtet auch sie, und die Lässigkeit in ihrem Blick ist nur dazu da, dass der Andere denken möge, sie sei Teil des Dekors.

Sie und der Andere diskutieren darüber, wem man unbedingt eine Postkarte schreiben muss. Man spürt es, was mit diesen Postsendungen auf dem Spiel steht, ist enorm, sprengt alle Proportionen. Sie schreibt, er begnügt sich damit zu unterschreiben. Plötzlich spricht unsere Heldin unseren Helden an, ein belangloser Satz, irgendetwas die Briefmarken betreffend. In dem Satz müsste es «Sie» heißen, stattdessen sagt sie «du». Ihr ist soeben ein Fauxpas unterlaufen, er spürt es an ihrem Blick, aber der Andere hat es nicht mitbekommen, er beobachtet ihn, und plötzlich nimmt er Gestalt an, es ist lächerlich, im echten Leben ist dieser Andere physisch eher unbedeutend, ohne Konsistenz, aber in diesem Traum ist er von einer unvergleichlichen Majestät. Unser Held findet an ihm etwas von Beckett und auch von Terence Stamp, wie sein Haar fällt, oder der Anzug, den er trägt, ein schwarzer, schön geschnittener Zweireiher, vollkommen deplatziert am Strand. Der Andere scheint sich sicher zu sein, ihn zu kennen. Unser Held antwortet einfach, «Nein, ich glaube nicht.» Er steht auf, er geht. Er dreht sich nicht um.

Jetzt ist er im Hotel, das nun ein moskowitisches Hotel geworden ist, mit gigantischen Ausmaßen, geometrischen Linien, einer zentralen Treppe, um die herum die Zimmer gruppiert sind. Seines ist ohne Komfort, auch darin fast sowjetisch, aber großräumig, seltsam geschnitten, mit einem Waschbecken mitten an einer Wand und einem kurzflorigen Teppichboden. Ein Zimmer, in dem man sich nicht wohlfühlen kann. Er hätte gerne, dass sie zu ihm kommt, und wäre doch lieber anderswo, egal wo, aber nicht hier. Es ist sehr warm. Er legt sich auf das Bett. Das Bettzeug ist zerwühlt, der Stoff zerknittert, er hat noch nie dort geschlafen, diese Unordnung stammt von den vorherigen Gästen. Ihm ist hundeelend.

Unsere Heldin stößt die Zimmertür auf, sie spricht mit müder Stimme seinen Vornamen aus. Und unser Held wird daraufhin so traurig, und diese Traurigkeit ist so stechend, dass er aufwacht.

VIERTES KAPITEL

In dem unser Held noch einmal
seine Notizen liest und korrigiert.
In dem er sich auf das Schlimmste
wie auch das Beste vorbereitet.

Das Tageslicht bricht durch die zu dünnen Vorhänge herein. Das Handy zeigt sechs Uhr und drei Minuten an und blinkt. Unser Held wacht auf, ist verspannt nach einer zu kurzen Nacht. Es gelingt ihm nicht, wieder einzuschlafen, er richtet sich im Bett auf, macht den Computer an, überarbeitet seine wenigen Notizen. Die Leserin (oder der Leser) irrte sich, wenn sie sich den neuen Text weniger aufrichtig als den ersten Entwurf vorstellte, von dem er nur in Einzelheiten abweicht. Im Gegenteil, unser Held schärft seine Gedanken auf der Tastatur, er justiert die Worte, sucht seine Gefühle so eng wie möglich einzukreisen. Die Sätze bannen auch die Tragik, und er ist nicht unzufrieden mit der heilsamen Rolle, die er ihnen anvertraut. Hätte unser Held noch seine frühen Lektüren im Gedächtnis, dann würde er sich daran erinnern, dass schon Aristoteles in seiner *Poetik* diese Reinigung der Leidenschaften durch das

Ausüben einer Kunst «Katharsis» getauft hatte. Aber gewiss doch.

Prosaischer ausgedrückt vertreibt das Schreiben auch die Zeit, was nicht wenig ist.

In nunmehr zweieinhalb Stunden wird er sie anrufen. Sie werden sich ganz sicher sehen. Ja, aber, ja, aber, sorgt sich plötzlich unser Held, wäre es nicht denkbar, dass sie für sich schon eine Entscheidung getroffen hat und dass nichts mehr sie dazu bringen kann, ihre Meinung zu ändern? Sollte sie ihn bis an den Rand der Highlands kommen lassen haben, um ihm zu eröffnen, dass sie sich ihm von nun an entziehe? Und wenn dies der Fall wäre, könnte er es ihr übel nehmen? Sie schuldet ihm nichts, das ist wahr, und er hat so sehr darauf bestanden zu kommen.

Also los, denkt er sich, wenn ich leicht, unbeschwert und lächelnd auftrete, werde ich sie davon überzeugen, sich von mir küssen zu lassen, mir Zärtlichkeiten zu gestatten, und, ganz sanft, wenn die Lust aufkommt, mit ihr zu schlafen. Daraus werde ich sehr viel mehr Kraft schöpfen als aus all den Introspektionen und der ganzen Fragerei.

Diese Leichtigkeit ist eine Notwendigkeit. Denn wenn unser Held es sich nur eingestehen würde, dann wüsste er, es war genau in dem Moment, in dem sie bei ihm eine erste Gefühlsregung wahrgenommen hat, dass sie, wie aufgeschreckt, auf Distanz gegangen ist. Unsere Heldin will keinen Ärger. Es scheint ihm plötzlich, dass er den Gleichgültigen spielen muss, dass sie sich leichter einem Mann hingibt, der sie nicht liebt, als einem Mann, der sie liebt.

Gewiss, diese Losgelöstheit ist nicht gerade der Charakterzug, den er an ihr schätzt, aber wenn es ihm zu danken ist, dass sie Liebe machen, darf er sich dann beklagen? Ja, schreit etwas in ihm, ja, ich muss mich darüber beklagen. Wenn sie nur mein Verlangen sucht, wenn sie nicht geliebt werden will, dann liebt sie mich nicht.

So lautet seine unerbittliche Schlussfolgerung. Und außerdem, wenn er keine Liebe mehr empfindet, was passiert dann? Unser Held kennt die Funktionsweise seines Körpers in- und auswendig, die Wege, die sein Verlangen geht, er weiß, dass er mit dem Alter mehr und mehr zum Kopfmensch geworden ist – und verletzlicher. Seit jeher hat es ihm nie gänzlich gereicht zu begehren, nur um des Begehrens willen. Aber jetzt muss ihn alles bei seinem Gegenüber in Sicherheit wiegen, die Gesten der Aufmerksamkeit, die Spannung des Körpers. Er will, dass ihre Haut die

seine sucht und sie es ihm in jedem Augenblick beweist. Diese Forderung, so fürchtet er, wird mit den
Jahren immer schwerer zu erfüllen sein.

Unser Held schließt die Augen. Er versucht, sich
ihr Gesicht ins Gedächtnis zu rufen, hinter seinen
geschlossenen Lidern die frohen Bilder ihrer Begegnungen heraufzubeschwören. Aber es steigen nur
anekdotische Details an die Oberfläche, diese Fla-
sche Muskateller, die sie aus Kaffeetassen getrunken
haben, ein flüchtiger Kuss im grellen Licht der Me-
tro, ein Sonnenstrahl, der über den blonden Flaum
eines Arms streift, zärtliche Worte, die der Gunst der
Lust geraubt sind. Zu wenige klare Bilder, um seinen
Mut zu festigen.

Er dreht und wendet sich unter der Bettdecke.

Unser Held gähnt. Seufzt.

Wir werden sehen.

Und so schließt das vierte Kapitel.

FÜNFTES KAPITEL

In dem die Spannung
ihren Höhepunkt erreicht.
Wirkungslose List.
Ankündigung des Desasters.

Um Viertel nach neun steht unser Held auf, stellt sich unter die Dusche, geht frühstücken. Er trinkt seinen Lipton Tea im international gelben Tütchen, als sein Blick auf die digitale Wanduhr fällt. Dort blinken drei Zahlen auf: Es ist 8:55.

Denn, wussten Sie, lieber Leser, liebe Leserin, dass die Zeitverschiebung zwischen Schottland und dem Kontinent eine Stunde beträgt? Mit einem Mal erinnert sich unser Held daran und stellt verzweifelt fest, dass es noch nicht einmal neun Uhr ist, während sein verdammtes Telefon immer noch 9:58 anzeigt. Er verbringt die zusätzliche Stunde mit dem Versuch zu schlafen. Vergeblich.

Fünf vor *ten o'clock* (er hat's nicht ausgehalten). Er überrascht unsere Heldin im Schlaf. Mit matter, verärgerter Stimme legt sie das Rendezvous auf elf Uhr fest. Mich wiederzusehen, sagt er sich, ist ganz entschieden alles andere als dringend. Sie bestimmt einen neuen Treffpunkt, vor einem Pub an der A 32, denn sie fürchtet, dass er unfähig ist, den zuvor verabredeten Ort zu finden, am Straßenschild nach, Sie erinnern sich, Inchnadamph.

Unser Held trifft seine Vorsichtsmaßnahmen, und er kommt selbstverständlich mehr als eine halbe Stunde zu früh an. Das Pub ist ein grauenhafter Schuppen, eine widernatürliche Kreuzung zwischen einer Autobahnraststätte und einem traditionellen Gasthaus. Es liegt oberhalb der Schnellstraße, es ist vollkommen leer. Später wird unser Held erfahren, dass man dort Hochzeiten feiert. Er wendet auf dem weißen Splitt und beschließt, zu dem vorherigen Treffpunkt zu fahren, in zwei Kilometer Entfernung. Dort öffnet er den Kofferraum, liest aufmerksam das technische Handbuch des Nissan Almera und schafft es, in Vorausschau darauf, bald ein Fahrrad in seinem Kofferraum unterzubringen, die Rücksitze herunterzuklappen.

Lange Zeit hatte unser Held von dieser Kreuzung der A 32 mit der S 70 geträumt, dem Ort ihres Wiedersehens. Er hatte sich den Ort ländlicher vorgestellt, mit Mäuerchen aus flachen Steinen, etwas - wie soll man sagen - schottischer. Eine langweilige

Kirche neueren Datums steht einer banalen Tankstelle gegenüber, die Straße ist breit, stark befahren, laut. Er steigt aus dem Auto aus, macht ein paar Schritte auf der S 70, betritt die schmale Brücke über einen friedlichen Bach, betrachtet das Relief aus Heidelandschaft und kleinem Wäldchen, aus dem sie auftauchen könnte. Plötzlich erschrocken über seine eigene Kühnheit kehrt er zu seinem Auto zurück.

Das Wetter ist schön. Er weiß nicht, ob das gut ist oder nicht. Die kalte Dusche, ahnt er voraus. Aber in der Sonne trocknet man schnell.

Unser Held sitzt in dem Nissan, der Motor ist aus, der Wagen steht auf dem Parkplatz an der Kirche, als unsere Heldin an ihm vorbeizieht. Sie geht zu Fuß, sie schiebt ihr Fahrrad, sie hat ihn nicht gesehen. Wie sagt man in schlechten Romanen? Dass sein Herz sich zusammenkrampft, dass ihm das Blut in den Adern gefriert? All diese Klischees sind leider wahr. So viel Emotion, Fieberhaftigkeit verblüfft ihn, er wirft sich seine Gefühlsduselei vor.

Sie steigt nun aufs Fahrrad, und er ruft ihr nicht hinterher. Er betrachtet sie, ihre Haare, ihren Rücken, auch ihren Po, geben wir's zu. Er wagt nicht, ihren Vornamen zu rufen. Er ahnt, dass sein Zögern ein schlechtes Omen ist: Zweifellos fühlt er sich schuldig, weil er an diesem Ort geparkt hat, wo sie ihn nicht erwartet. Oder will er, weil er sich schon verurteilt fühlt, die Stunde der Vollstreckung noch hinauszögern? Er lässt sie also ein wenig vorfahren, lässt das Auto wieder an, überholt sie und erwartet sie an dem vorgesehenen Ort, auf dem weißen, knirschenden Splitt.

Für zwei Kilometer braucht man mit dem Fahrrad ein paar Minuten. Genug, um zu bereuen, dass er sie dazu gezwungen hat, in der drückenden Hitze eine so starke Steigung auf dem Fahrrad zu bewältigen, und er beschließt zurückzufahren. Unmittelbar darauf begegnet er ihr auf der Straße, hält er vor ihr an. Sie hat die Steigung gerade hinter sich, zu Fuß, wer sein Fahrrad liebt, der schiebt. Eine blonde Locke klebt zwischen Schweißperlen auf ihrer Stirn. Sie sieht ihn, es ist bewundernswert, wie gut sie ihre Freude verbirgt.

Unser Held steigt aus dem Auto, unsere Heldin schiebt noch immer ihr Fahrrad. Sie deutet ein höfliches, folgenloses Lächeln an. Er hat keinen ersten Satz geprobt, und er versucht es mit einem komplizenhaften Grinsen. Vergessen wir die dann gewechselten Worte, die von erschütternder Banalität sind.

Sie umarmt ihn, ihrer beider Lippen streifen sich für den Bruchteil einer Sekunde. Sie wünscht nicht, dass dieser Kuss andauert, und er begreift sofort, dass er nicht willkommen ist, dass er hier nichts zu suchen hat. Es ist seltsam, denkt er, dass das Schlimmste immer vorhersehbar ist. Lass uns woanders hingehen als in dieses Pub, schlägt er vor. Er fügt hinzu, Selbst um sich zu trennen, findet man sicher etwas Besseres. Sie kommentiert das nicht.

Sie verstauen ihr Fahrrad im Kofferraum, der sich dagegen sträubt: Der Abstand zu den Sitzen ist zu knapp, der Sattel verkantet sich. Er drückt die Kofferraumhaube hinunter, die einen Spaltbreit geöffnet bleibt. Sie zuckt mit den Schultern. Wir werden, deutet die Geste an, ohnehin nicht weit kommen. Das ist ein ausgezeichnetes Resümee.

Sie nimmt neben ihm Platz, ohne ihn anzusehen. Wohin bringst du mich?, fragt sie. Er nennt den Namen des Hotels, in dem er für diese zweite Nacht reserviert hat. Das *Glen Carron Park Hotel*. Sie kennt es. Das ist nebenan. Sie fügt hinzu: Die Nächste rechts. Sie fahren los.

Sie fahren. Sofort verbreitet sich ihr Parfüm trotz der geöffneten Fenster im Fahrzeug. Es ist ein ganz einzigartiger Duft, mit Noten einer Mischung aus

Maiglöckchen und Vanille. Es ist der Duft ihrer seltenen intimen Momente in Paris, ihres hübschen nackten Körpers unter dem seinen, ihres hingebungsvollen Nackens unter seinen Küssen. Es ist ein zartes, aber zu Kopf steigendes Parfüm, das er überallhin mitnahm, das ihn über Stunden begleitete, noch lange nachdem sie sich geliebt hatten. Der Duft wirkt fast schon schmerzhaft, während sie beide in Richtung *Glen Carron Park Hotel* fahren.

Um dagegenzuhalten, besprühte sich unser Held manchmal mit *Chanel Pour Monsieur*. Eau de Toilette gegen Parfüm, Zistrose und Eiche gegen Maiglöckchen, ein ungleicher Wettstreit. Aber wie auch immer, in der Eile hatte er vergessen, den Flacon einzupacken.

SECHSTES KAPITEL

In dem unser Held wieder Hoffnung schöpft.
In dem unsere Heldin zu zögern scheint.

Der Wagen fährt über die kleine schottische Straße Richtung Hotel, das *Glen Carron Park Hotel*. Er wird nicht müde, den Namen zu wiederholen, der wie ein Glockenspiel klingt. Dein Hotel ist hübsch, gibt sie zu. Mir wäre lieber, du sagtest unser Hotel, gibt unser Held ironisch zurück. Schweigen auf dem Beifahrersitz. Mir wäre auch lieber, wenn du dich anschnallen würdest, fügt er hinzu, indem er auf den Sicherheitsgurt zeigt. Aber es stimmt, du bindest dich nicht leicht. Er lächelt, sie schnallt sich brav an!

Man wird hier bemerkt haben, dass unser Held tatsächlich lächeln kann! Von dieser Zeile an und bis auf Widerruf hat sich übrigens die Leserin (oder der Leser) unseren Helden stets mit einem Lächeln auf den Lippen vorzustellen. Dieses Lächeln kann ironisch sein, offen, verführerisch, amüsiert, traurig, niemals aber wird er davon ablassen zugunsten eines launischen Schmollmunds. Das ist eine Frage der Würde, aber auch des Überlebens.

Sie halten auf dem Parkplatz des Hotels, der Nissan schiebt sich zwischen zwei deutsche Luxuslimousinen. Sie heben das Fahrrad aus dem Kofferraum, sie schiebt es sogleich über die Straße, um es an einem Laternenmast festzumachen. Das Gebäude ist tatsächlich sehr schön. Eine alte Poststation, zwei Etagen, Klinkerstein im freundlichen Sonnenlicht. Wilder Wein zieht sich die Mauern hoch, umrankt die Zimmerfenster. Die große Eingangshalle mit dem Marmorboden atmet mediterranen Luxus.

Unsere Heldin begleitet ihn nicht hinein, sie bleibt lieber draußen, um eine Zigarette zu rauchen. Sie raucht zu viel, aber unserem Helden ist es vollkommen gleich, dass sie damit der Gesundheit ihrer Umgebung schadet. Um rasch wieder bei ihr zu sein, überlässt er das Gepäck dem Groom und merkt sich lediglich die Zimmernummer. Denn er spürt, dass seine Zeit knapp bemessen ist.

Er hält nach ihr Ausschau. Sieht sie nicht. Einen kurzen Augenblick lang glaubt er, dass sie verschwunden ist, dass er sie nie wiedersehen wird. Das ist absurd. Aber er zweifelt inzwischen an allem.

Nein, sie ist da. Sie sitzt auf einer Bank, zieht an einer Virginia. Sie scheint nicht auf ihn zu warten. Sie scheint auf überhaupt nichts zu warten.

Eine Lounge ist an das Hotel angebaut, er schlägt ihr vor, ein Glas auf der Terrasse zu trinken. Sie bestellt einen Cidre, er ein Glas Sprudelwasser. Diese Details sind nur von geringem Gewicht, aber von Zeit zu Zeit muss auch das Bedeutungslose seinen ganzen Platz behaupten. Es ist zudem heiß. Mit entschlossenem Griff öffnet unser Held einen Sonnenschirm (*Always Coca-Cola!*, kreischt es rot auf Leinen) und setzt sich in den schützenden Schatten. Er hasst die Vorstellung, dass sein Schädel, um dessen kapillare Verrätereien er nunmehr weiß, bald wie ein Spiegel glänzen könnte.

Unsere Heldin ist reserviert, aber redselig. Sie redet, sie erklärt, sie will überzeugen. Ihre Mutter, die sie viel zu selten sieht, ein paar Wochen, ein- oder zweimal im Jahr, ihr Freund, der bald eintreffen und bei ihr wohnen wird, und er hier, so ganz fehl am Platz. Sie will nicht, dass ihre Mutter ihrer zahlreichen Abwesenheiten wegen zu dem Schluss kommt, dass sie eine Liaison unterhält, sie will vor allem nicht, dass der Andere, der von ihrer Untreue nichts weiß, etwas davon erfährt, vielleicht gar darunter leidet. Das hätte er keineswegs verdient, fügt sie hinzu.

Dann spricht sie lange über ihre Mutter. Sie erzählt eine Geschichte, die so traurig ist, so intim, dass er nicht weiß, wo er hinschauen soll. Er behält sein Lächeln bei, ein dummes, starres Lächeln, auch wenn da wirklich nichts zu belächeln ist. Das gibt sie ihm zu verstehen. Er bittet sie um Verzeihung, wischt alle Spur von Heiterkeit aus seinem Gesicht. Er wüsste gerne, wie er sie trösten kann, würde sie gerne mit ihrer Mutter allein lassen, als Familie allein lassen. Er versteht. Ganz ehrlich.

Sie schweigen. Sie taucht ihre Lippen in den Cidre. Der bittere Geschmack überrascht sie. Sie verzieht das Gesicht.

Und doch, sagt unser Held, bin ich jetzt hier. Was tun? Sie lächelt ihn an. Es ist wirklich ein hübsches Lächeln. Ohne jemals ein Spezialist für weibliches Lächeln und dessen Bedeutung gewesen zu sein, sagt sich unser Held, dass man nicht ohne Zärtlichkeit auf diese Weise lächeln kann. Er antwortet ihr mit einem erneuten Lächeln, diesmal die glückliche Variante. Man soll auf nichts schwören. Wenn selbst Musset das sagt, dann stimmt es gewiss.

Er nimmt ihre Hand.
Sie überlässt sie ihm.
Einen Augenblick lang.

SIEBTES KAPITEL

Die Schönheit des *Glen Carron Park*.
Von Schafen, Pferdeäpfeln und Schwänen.
Eine kurze Diskussion.

Gegenüber vom *Glen Carron Park Hotel* kann man den *Glen Carron Park* besichtigen, der nach Eilean Castle führt und zu dem kleineren der beiden Lochs, dem *Loch Fannich*. Die wissbegierige Leserin (oder der Leser) sei auf die sattgrünen Bilder verwiesen, die sich im Internet tummeln. Hell scheint die Sonne des Nordens, es ist sehr warm. Unser Held hält seine vollkommen unnütze Übergangsjacke in der Hand. Man muss die Straße überqueren, bevor man einen zwar asphaltierten, aber den Fußgängern vorbehaltenen Weg einschlägt. Er schaut in die falsche Richtung, sie hält ihn am Ärmel zurück, damit er nicht vor einen Lastwagen rennt. Das kleine Schild zeigt *Eilean Castle, 2,1 miles* an.

2,1 Meilen, das heißt, wenn man gut zu Fuß ist wie unsere Heldin, eine halbe Stunde Weg. Unser Held passt sich diesem Rhythmus an, auch wenn es nicht der von verliebten Spaziergängern ist. Sie entzieht ihm übrigens ihre Taille wie nunmehr auch ihre Hand. Er insistiert nicht. Die Schuhe unseres Helden quietschen, und unsere Heldin macht sich, ohne Bosheit, über ihn lustig. Es sind Wanderschuhe, alte, solide Wanderschuhe, aber bei jedem Schritt geben sie den winzig kleinen Quietschlaut einer schüchternen Maus von sich. Bei dem Lärm in der Hauptstadt hatte er das nie bemerkt. Das – diskrete – Quietschen begleitet sie.

Sie spricht, wild durcheinander, von den schottischen Schafen, der schottischen Heide, den schottischen Disteln, den schottischen Möwen, er lässt sich mehr oder weniger willig mit ihr auf dieses so nationalistische wie ländliche Thema ein. Er denkt, dass «Mouette et chardon» ein guter Titel für ein Lied von Alain Souchon wäre, sagt aber nichts.

Er hört ihr zu, schaut sie an, ist verwirrt. Alles an ihr bezaubert ihn, und unser Held wirft sich diese Bezauberung vor, die sie so leicht in ihm hervorrufen kann, ganz allein durch ihre Ausstrahlung, ohne dass sie dafür einer Anstrengung bedürfte oder, schlimmer noch, ohne es auch nur zu wollen. Viele sind ihrem Charme verfallen, werden ihm noch verfallen. Er wirft ihr diese Ungerechtigkeit nicht vor, aber er leidet darunter. Er ahnt auch, dass er, egal welche Anstrengungen er auch unternehmen mag, sie seinerseits nicht bezaubern wird. Nicht jedem ist's gegeben zu bezirzen. Soll unser Held sich damit zufriedengeben, eher zum Schlage der Hässlichen zu gehören, an die man sich gewöhnt, als zum Schlage der Schönen, derer man überdrüssig wird?

Er beobachtet sie ganz genau, sucht vergeblich zu erfassen, was ihm an dieser jungen Frau so sehr gefällt. Sie ist gar nicht so schön, sagt er sich, bevor er es ihn rasend macht, dass sie es trotz allem doch so sehr ist. Und er ahnt auch, dass sie es noch viel mehr sein könnte. Ihm würde es schon reichen, dass sie schön sein wollte, nur für ihn.

Er fragt sich jetzt auch, ob es nicht sogar diese Verweigerung der Liebe ist, die ihn anzieht, die ihn fesselt, die ihn an den Rand eines Abgrunds führt. Ist die Anziehungskraft, so sinniert er, nicht ein Synonym für die Schwerkraft, und zieht das schwarze Loch, von dem kein Licht ausgeht, nicht stärker noch an als alle Sterne? Ganz diesen kosmologischen Betrachtungen hingegeben, versucht er zuweilen – und vergeblich –, sie zu küssen, wobei er seinen Avancen möglichst viel Humor beimischt.

Die Burg mit ihrer Zugbrücke, ihrem Wassergraben, ihren Zinnen ist in Sichtweite. Sie haben Karren voller Touristen gekreuzt – manche tragen einen Kilt –, die von Pferden gezogen werden, die in regelmäßigen Abständen äpfeln. Sie haben manche Betrachtung über Pferdeäpfel ausgetauscht, ihren Duft, die Elstern und Krähen, die darin herumstochern, und so sind sie endlich am Ufer des Lochs angelangt. Ein toter, von Moos und Efeu überwachsener Baum genießt ein zweites, parasitäres Leben. Unsere Heldin erzählt von einer Schwalbe, die neben ihrem Fenster nistet, und sie fragt ihn, ob er glaube, dass sich Eier in ihrem Nest befinden, und wie viel Zeit es bis zum Schlüpfen braucht. Sie fragt ihn, ob die Schwalben auch im Juli noch Nester bauen. Er hat nicht die leiseste Ahnung. Aus Höflichkeit antwortet er vage mit der Klimaerwärmung, dem Treibhauseffekt, den Verschiebungen, die man beim Vogelzug beobachtet hat. Sie tut so, als sei sie damit zufrieden. Sie zeigt auf die weißen Schwäne auf dem gegenüberliegenden Ufer des *Loch Fannich*, sie will sich auf einen Stein gleich am Wasser setzen. Da ist zwar grünes, gut gemähtes Gras, aber sie zieht die Härte des Felsens vor, und er begreift, dass sie hier nicht ewig bleiben werden. Er setzt sich neben sie.

Schlaff schlagen die Wellen vor ihnen an. In der Ferne bewegen sich die Schwäne, wie Schwäne sich bewegen, kleine weiße Punkte auf der smaragdgrünen Oberfläche des Lochs. Die Natur ist ihm gleichgültig. Was ihm am Schwan gefällt, das ist, zur Not, die mimetische Eleganz seiner Schreibung.

Unser Held möchte nunmehr gehen. Sein Verlangen ist intakt, auch seine zärtlichen Gefühle für sie, er will heimkehren, bevor er sich schlaff fühlt. Er will nicht kämpfen. Er hat weder Lust, den Tyrannen zu geben, noch hat er die Energie zum Choleriker. Wenn er auch nur eine Sache gelernt hat, dann ist es die, dass Gefühle, Zärtlichkeit, Verlangen von alleine kommen oder sich auflösen müssen. Und auch, dass die Liebe – belassen wir es bei diesem konventionellen Namen –, dass also die Liebe kein Stein am Wegesrand ist, unbeweglich, aus dem Nirgendwo gekommen, aus dem Nichts geboren. Die Liebe geht, kommt zurück, wandelt sich, bewegt sich, sie fällt und richtet sich wieder auf, wenn man sie schon tot glaubt.

Aber jetzt heißt es gehen.

Er will ihr dabei helfen, ihn loszuwerden. Und er hat es eilig.

Er bedrängt sie. Ein paar Fragen, und er bringt sie so weit, ihm zu sagen, dass sie nichts mehr von ihm wissen will. Und vor allem, dass sie keine Lust mehr auf ihn hat. Er bezweifelt, dass dies die ganze Wahrheit ist, aber es ist das, was er in diesem Augenblick hören will, um die Kraft zu haben, sich zu verabschieden. Er insistiert so sehr, dass sie schließlich die fatalen Worte spricht. Er spürt ihre Erleichterung, und er weiß im gleichen Zuge, dass er sie zumindest von ihren Schuldgefühlen gegenüber jenem Anderen befreit hat, der in drei Tagen zu ihr stoßen wird. Er lächelt. Er sagt, Es ist nicht schlimm. Er fügt hinzu, Ich fliege, wenn es geht, heute Nachmittag zurück nach Paris. Sonst morgen.

Sie sagt, Schottland ist schön, bleib noch, du könntest ein wenig herumfahren. Er antwortet, Nein, ich bin gekommen, um dich zu sehen, nicht Schottland. Er fügt hinzu, Ich wäre auch nach Maubeuge gefahren, wenn du in Maubeuge gewesen wärest. Dabei hat er gar nichts gegen Maubeuge.

Und er steht auf.

Ich begleite dich zurück, wenn du magst, schließt unser Held. Held ist hier das richtige Wort.

ACHTES KAPITEL

Abermals die Schönheit von *Glen Carron Park*.
Eine Überraschung.
Eine längere Diskussion.

Auf dem Heimweg gehen unser Held und unsere Heldin nebeneinanderher. Sie gehen langsamer. Die Schafe sind immer noch da, friedfertig und wollig. Die Spannung hat sich gelegt.

Er ist sich jetzt wirklich sicher, dass er abfahren wird. Denn wenn er fährt, dann nicht, um sie zu verlassen. Im Gegenteil, er fährt, weil das Risiko, sie zu verlieren, hier am größten ist. Die Schafe, der Ginster, die Heide, der blaue Himmel, all das erscheint ihm wie persönliche Feinde. Ganz Schottland will seinen Untergang. Wenn unsere Heldin ihn auf Abstand hält, dann nicht, weil sie kein Verlangen nach ihm mehr verspürt, sondern weil sie hier nichts mit ihm zusammen erleben kann. Zu viel Belastendes, zu viel Schuldgefühl, zu viel Lüge. Das ist es, was er glauben möchte, es ist aber auch das, was er empfindet. Er fährt, er weiß, dass es so sein muss, damit er sie vielleicht, anderswo, später, wiederfinden kann.

Um dessen ganz gewiss zu sein, unterwirft er unsere Heldin also nochmals der Frage. Sie schwankt, sie schlingert, er fordert keinerlei zärtliche Geste, sondern nur Worte. Und diese erhofften Worte entschlüpfen ihr, sie bestätigen abermals ihre Weigerung, aber ihre Färbung ist sanfter, sie leugnet nicht mehr ihr Verlangen. Er fragt, Hast du Lust auf mich? Sie antwortet, Du stellst die falschen Fragen. Das reicht ihm.

Unser Held bleibt plötzlich stehen. Mit dem Finger zeigt er lächelnd auf eine Raupe, die den Weg kreuzt. Sie kriecht über den Asphalt, schimmert goldbraun, ist ganz haarig, glänzt. Sie ähnelt den Raupen des Prozessionsspinners, allerdings ohne Prozession. Sie bleiben beide, sie und er, stehen, um sie zu beobachten. Es ist ein Moment der Ruhe zwischen ihnen, ein notwendiger Moment. Er rät ihr, die Raupe nicht zu berühren, denn ihr seidenes Haar dürfte nesseln. Er liebt dieses Wort, nesseln, er kann sich nicht daran erinnern, wann er es zuletzt benutzt hat. Dann gehen sie weiter, überlassen die Raupe ihrem gefahrenreichen Schicksal als nesselnde Raupe.

Unser Held möchte sie nunmehr beruhigen, in Sicherheit wiegen. Er kennt sich damit aus: Er findet die Worte, bringt sie zum Lachen, spürt, dass sie fröhlicher wird. Sie spazieren durch den arg zivilisierten Wald, sie macht sich in aller Heiterkeit lustig über die schottischen Parvenüs des noch relativ neuen 21. Jahrhunderts. Sie erzählt von ihren Nachbarn, von all den Neureichen des Immobilienbooms. Er hört zu, amüsiert sich, gibt von Zeit zu Zeit einen Kommentar ab. Die Künstlichkeit der Unterhaltung stört ihn nicht.

Aus dieser ihrer zurückgewonnenen Gelassenheit, ihrer Ruhe erwächst bei ihm aufs Neue das Verlangen, das Zartgefühl, das er fast schon erfolgreich verdrängt hatte. Sie geht einen Schritt neben ihm her, wirkt aufgeräumt, und mehr denn je wünscht er sich, sie in die Arme zu nehmen. Bilder ihrer fragilen Nacktheit kommen ihm wieder in den Sinn, die extremen, ins Halbdunkel gesprochenen Worte auch. Es ist eine Welle an Erinnerungen. Er weiß nicht, wie er dagegen ankämpfen soll. Er hat es noch nie gewusst.

Und als sie endlich im Pub ankommen, als sie ihm vorschlägt, zu Mittag zu essen (oder war das seine Idee?), überrascht er sich dabei, wie er wieder Hoffnung schöpft. Als sie ihn auffordert, neben ihr Platz zu nehmen, legt er seine Hand auf die ihre, und sie spielt einen Augenblick lang mit seinen Fingern.

Er küsst sie zärtlich auf die Lippen. Sie nimmt den Kuss hin, stößt ihn dann sanft zurück. Sie bestellen ein Mineralwasser, *sparkling, please* (er), ein Bier, *a glass of stout* (sie), und *one panino* (eins für beide). Dazu serviert man ihnen dicke, fette Fritten und einen Salat aus rohen Zwiebelringen, den sie verschlingt. Ihr Atem ist der von Claudette Colbert in *Blaubarts achte Frau*, wo sie Gregory Pecks Avancen zurückweist, indem sie in eine weiße Zwiebel beißt. Unser Held ist sich nicht sicher, was den Film angeht, auch nicht, was den männlichen Hauptdarsteller betrifft, aber er käme mühelos über den Zwiebelgeruch hinweg, wenn unsere Heldin sich dazu entschlösse, ihn zu küssen.

Wenn er auch nie etwas über die Frauen gelernt hat, so weiß er jetzt doch, dass *panini* das schottische Nationalgericht ist, noch weit vor dem *haggis*.

Sie trinkt ihr Bier aus. In einem Zug.

Bring mich bitte zurück, sagt sie.

Er nickt.

NEUNTES KAPITEL

Eine lächerliche Insektengeschichte.
Erste Trennung.
Die polnische Fee Tinkerbell.

Unser Held begleitet unsere Heldin nach Hause. Er ist verwirrt. Die Straße, die zu seinem schönen Hotel aus rotem Backstein an der schrecklichen A 32 führt, ist in dieser Richtung erheblich unangenehmer. Er sieht auf die Fahrbahn, aber er fährt zu weit links, und er ist ein schlechter Autofahrer. Er schafft es nicht, sich zu konzentrieren. Plötzlich fliegt ein großes brummendes Insekt durch das offene Fenster in den Innenraum und setzt sich auf seinen Arm. Ist es eine Bremse, eine Hornisse? Es ist nur eine Hummel, aber unser Held gestikuliert, lenkt das Auto gegen den Graben. Sie halten an, die Hummel ist beinahe sofort wieder hinausgeflogen. Alles ist gut, die Heldin ist unverletzt, er steigt nicht aus, um nach eventuellen Schäden zu schauen. Er entschuldigt sich einfach. Auch denkt er, Sieh an, im Volksmund hat man Hummeln im Hintern, ich habe sie im Kopf.

Unser Held fährt wieder los. Durch diesen Zwischenfall hat seine aufgesetzt fröhliche Fassade einen Riss bekommen. Jetzt ringt er um Worte, hat Mühe, lustig zu sein, kann nicht einmal sein Lächeln aufrechterhalten. Er kann nicht umhin, ihr zu sagen, dass er sie in Paris anrufen wird, dass dann alles leichter sein wird, und bedauert sofort seine Worte, die ebenso unnütz wie fehl am Platz sind. Er ist immer noch siebzehn. Aber wie viele Jahre noch, großer Gott, wird er siebzehn sein? Warum altert sein Herz nicht wie seine Haut, seine Augen? Werden ihn in zehn, zwanzig Jahren immer noch Leidenschaften quälen, die auszuleben er dann nicht einmal mehr zu hoffen vermag? Ist es ein Zeichen von Stärke, von Schwäche, von Wahnsinn, nicht altern zu können?

Bis zum heutigen Tage fehlen die Antworten.

Er setzt sie an der Kreuzung mit der S 70 ab, neben dem Inchnadamph-Schild. Eines nicht so fernen Tages wird er Inchnadamph zerstören. Sie zerren das Fahrrad aus dem Kofferraum. Sie setzt sich auf den Sattel. Unsere Heldin sagt, Ruf mich an, um mir zu sagen, wann du abfährst. Sie umarmt ihn, er sieht zu, wie sie wegfährt.

Auffallend ist, dass unser Held von dieser Zeile an vergisst zu lächeln.

Er kehrt zurück zum Hotel. Ein Blick auf seine Armbanduhr. Es ist noch nicht einmal sechzehn Uhr.

Er hatte sein Zimmer noch nicht gesehen. Es ist riesig, das Bett sehr groß. Da wäre Platz für drei. Hahaha, grinst unser Held. Auch das Bad ist riesig, mit einer Badewanne, einer Dusche und zwei Waschbecken.

Am selben Tag noch nach Paris zurückzufliegen, erweist sich als unmöglich. Das erste Flugzeug hebt am nächsten Tag in Inverness gegen Mittag ab. Er bucht einen Platz. Das ist teuer, aber wer nicht geliebt wird, rechnet nicht. Dann erst ruft er noch einmal unsere Heldin an. Er möchte sie ein letztes Mal sehen, er kann sich nicht vorstellen, diesen letzten Abend allein in diesem Hotel zu verbringen. Sie antwortet nicht. Er legt auf, nimmt sein Handy mit ins Badezimmer – er trennt sich übrigens nie davon –, prüft zum x-ten Mal an diesem Tag den Ladestand seiner Batterie, ist darin sorgfältiger als ein Taucher, der den Füllstand der Sauerstoffflaschen kontrolliert. Er lässt sich eine Badewanne einlaufen. Dann vergisst er das Wasser in der vollen Wanne und steigt unter die Dusche. Angesichts dieses Zustands der Verwirrung und Verzweiflung kann die Leserin (oder der Leser) nur Mitleid mit unserem Helden empfinden.

Die Dusche beruhigt ihn, er bleibt lange unter dem lauwarmen Wasser. Er hat tatsächlich abgenommen, immerhin das. Er trocknet sich ab, betrachtet sich lange im Spiegel. Sein Körper ist noch nicht sehr gealtert. Aber der Haaransatz auf der Stirn geht weiter zurück, die Falten werden tiefer, Tränensäcke zeichnen sich unter den Augen ab. Wie die Rinde kann die Haut die Jahre nicht verbergen. Er versucht, den Greis in sich zu entdecken, der ihn schon bedroht. Als er sich mit dem Gesicht vorbeugt, erschlaffen seine Züge, und ihn schaudert bei dem Gedanken, dass er dieses Bild abgab, wenn sie sich liebten. Er tritt vom Spiegel zurück und betrachtet den Widerschein in seinen Augen, wie wenn man vor einem Tiger zurückweicht.

Er versucht zurückzudenken, zu verstehen, wo und wann die zärtlichen Gefühle für ihn, die er bei ihr verspürte, erloschen sind. Erloschen? Das will er noch nicht zugeben. Es ist weder Eitelkeit noch Eigenliebe. Davon hat er nicht viel. Er ahnt, dass sie ihr Zartgefühl erstickt, es unterdrückt. Er weiß, dass Frauen das schaffen, und wahrscheinlich gilt das auch für bestimmte Männer. Er pocht noch auf das Recht, sie in Paris wiederzusehen, um die letzte Glut anzufachen. Die platte Metapher schreckt ihn nicht.

Es ist noch früh, jedenfalls zu früh, um sie anzurufen. Also verlässt unser Held das Zimmer, geht hinunter ins Pub und wählt, keinen Deut böse auf den *Glen Carron Park*, einen Tisch ihm gegenüber. Furchtlos stellt er sich dem grünen Schild: *Eilean Castle, 2,1 miles.*

Darf ich mich hierhin setzen? Die Stimme ist weiblich, die Sprache Französisch, und unser Held schreckt hoch. Aber es ist nicht unsere Heldin, und im Übrigen war es nicht ihre Stimme. Er nickt, sie setzt sich. Sie ist sehr jung, hat kurz geschnittenes braunes Haar, feine Gesichtszüge, helle Augen. Sie lächelt ihn an, er ist glücklich, oder sagen wir, beruhigt, sie hübsch zu finden. Sie fügt hinzu, Ich bin gleich wieder im Dienst, ich arbeite im Hotel. Unser Held erkennt sie wieder, sie hatte ihn an der Rezeption begrüßt. Sie isst rasch einen Salat, wischt sich die Mundwinkel nach jedem Bissen ab. Die Geste ist anmutig, delikat. Sie spricht Französisch mit einem kaum hörbaren slawischen Akzent. Sie ist Polin, das ist ein Ferienjob, sie wird für ein Jahr nach Paris gehen, um Theater zu spielen. Sie sagt, Ich möchte vor allem Feydeau und Beckett spielen. Sie hat diese beiden Autoren spontan in einem Atemzug genannt, und das bringt sie zum Lachen, auch er findet das amüsant. Sie sagt noch, Sie sind Franzose? Ich weiß es, ich habe den Pass gesehen. Sie kneift verschmitzt die Augen zusammen, unser Held kann sie sich ebenso gut als naives Dummchen wie als Kammerzofe vorstellen. Ich habe gesehen, dass Sie in Paris wohnen, werden Sie zu meinen Vorstellungen kommen? Natürlich, antwortet er. Sind Sie hier im Urlaub?, fragt sie dann. Er zögert, stammelt, gesteht, dass er morgen zurückfährt. Etwas Unvorhergesehenes. Das ist der Ausdruck, den er benutzt. Das ist schade, sagt sie. Er stimmt ihr zu.

Plötzlich wirft sie einen Blick auf die Uhr. Sie schimpft: Verflixt, der Dienst. Es ist sehr hübsch, wie sie verflixt sagt, denkt unser Held.

Da sie aufsteht, fragt er sie, aus welcher Stadt in Polen sie stammt. Mit einem letzten Lächeln sagt sie, Aus Lublin, nimmt ihren Teller mit und verschwindet.

Die Fee Tinkerbell, wahrhaftig.

Lublin? Das kennt unser Held. Vor dreißig Jahren war er dort. Er hat weder die Johanneskathedrale noch das Königliche Schloss besichtigt. Ein paar Kilometer entfernt befinden sich die Lager. Majdanek, Sobibor, Belzec.

Wessen Enkelin könnte diese junge Frau wohl

sein?, fragt er sich. Er zählt die Jahre und korrigiert sich: Urenkelin. In jenen Stunden, in denen er voller Wut und Tränen zwischen dem, was von den Wachtürmen und Stacheldrahtzäunen noch übrig war, durchs hohe Gras gegangen war, war diese junge Frau noch nicht geboren. Seine Frage hatte schon nicht viel Sinn. Sie hat jetzt gar keinen mehr.

Da ist er nun wieder alleine. Seine Armbanduhr zeigt erst fünf Uhr an, aber sie ist nicht stehen geblieben. Mit schuldhafter Selbstgefälligkeit überlässt sich unser Held erneut seinem Liebesverlust. Er setzt seinem Abgleiten nichts entgegen und rutscht widerstandslos in die Niedergeschlagenheit.

Er wird eine Dummheit machen. Er macht sie.

Er steigt wieder ins Auto. Er fährt, diesmal vorsichtig, bis zur S 70, biegt links ab und fährt die Straße entlang, von der er sie immer hat kommen sehen. Er fährt bis zu dem Weiler, wo ihre Mutter lebt. Er hat den Namen leicht behalten, weil er an *Leprechaun* erinnert. Er beobachtet die steinigen Wege, die zum Fluss hinunterführen, versucht, dieses Herrenhaus zu entdecken, das sie ihm beschrieben hat und das über dem Loch liegt. Die Vorstellung, sie so nahe zu wissen, schmerzt ihn. Aber ist er nicht gerade deswegen hierhergekommen, um zu leiden? Er mag diese dunkle Nacht der Seele tief in seinem Innern nicht, die immer auf der Suche nach Leiden ist.

Er fürchtet, ihr zu begegnen, auf ihrem Fahrrad. Er könnte auch, wenn das Schicksal sich gegen ihn verschwört, mit dem Auto ihrer Mutter zusammenstoßen, und sie sitzt daneben. Das wäre eine großartige Filmszene in einer *sentimental comedy* mit diesem so britischen Humor (um seine Rolle zu spielen, wäre ihm Hugh Grant sehr recht). Der Titel (für den französischen Verleih) wäre *Chardon ardent* (Brennende Distel) oder *Inchnadamph Crossing*. Aber wir sind nicht im Kino.

Er hält am Wegesrand an, kurz vor einer engen Steinbrücke. Er klappt sein Handy auf und wählt ihre Nummer. In diesem Augenblick erklingt, nicht weit entfernt, das Angelusläuten.

ZEHNTES KAPITEL

Ein De-luxe-Dinner. Der Dichter dichtert.
Ein kleines Geschenk, lang unterwegs.

Du rufst mich exakt im Moment des Angelusläu-
tens an, brüllt unsere Heldin, um den schrillen
Glockenklang zu übertönen. Er erfährt damit auch,
wie nahe er ihr ist. Er späht in die Landschaft, ent-
deckt aber keinen Glockenturm. Er kündigt ihr seine
baldige Abreise an, schlägt vor, dass sie gemeinsam
zu Abend essen. Es hat weder einen Krieg noch eine
Schlacht gegeben, aber er will Frieden schließen.
Doch ihre Mutter – obwohl es erst halb sieben ist –
bereitet schon das Abendmahl vor. Sie schlägt ihm
vor, sich in zwei Stunden zu treffen, an gewohnter
Stelle, und ein Glas trinken zu gehen.

Unser Held kehrt ins Hotel zurück. Er isst auf
der sonnigen Terrasse des Pubs ein *thai deluxe chicken
curry* zu Abend. Das Gericht entpuppt sich als eine
Art Hühnerragout, nur sehr viel fader.

Er steigt hoch in sein Zimmer. Hinter ihrem
Desk an der Rezeption winkt ihm die junge Polin

freundschaftlich, fast schon komplizenhaft zu, aber die Fahrstuhltür schließt sich. Es ist sonderbar, sagt sich unser Held, da wäre also eine Frau, in die ich mich in kaum mehr als ein paar Stunden verlieben könnte. Er hat aus ihr eine augenblickliche Aufrichtigkeit herausgelesen, etwas Schelmisches, das weder berechnend noch gestellt ist. Diese junge Frau weiß, wer sie ist, sinniert er, sie weiß es gewiss so gut, dass sie furchtlos in die Haut einer anderen schlüpfen kann. Vielleicht ist es diese seelische Eigenschaft, die den großen Schauspieler ausmacht. Wenn er den Mut dazu hätte (aber er wird ihn nicht haben), dann würde er diesem Mädchen die extravagante Liebe zu Füßen legen, die er in sich für eine andere verspürt. Das wäre das sentimentale Äquivalent zu einer Banküberweisung. Aber würde sie die Einlage annehmen?

Unser Held streckt sich auf dem Bett aus. Sein Blick folgt den Stuckleisten und Schatten an der Decke. Er kennt das Übel, das ihn befällt, diese Liebesobsession. Er fängt es sich nur, was ganz logisch ist, im Umgang mit jenen Frauen ein, die ihm ihre Liebe verweigern. Aus Erfahrung prognostiziert er eine rasche Konvaleszenz, vollständige Heilung und keinerlei Spätfolgen. Aber zum gegenwärtigen Zeitpunkt ist ihm diese beruhigende Diagnose von keinerlei Hilfe.

Ihm dreht sich der Kopf, er setzt sich auf den Bettrand, steht auf, nimmt die Autoschlüssel. Er will nicht hier ausharren, in diesem leeren Zimmer, das er für zwei vorgesehen hatte.

Einmal mehr ist er viel zu früh am Treffpunkt. Aber was soll's, Schottland ist inzwischen nur noch eine riesige umgedrehte Sanduhr, aus der die Zeit nicht rieseln will.

Als er im Auto sitzt, schreibt er sehr schnell, zu schnell, ein kurzes Gedicht in sein kleines schwarzes Notizbuch. Denn unser Held dichtet zuweilen. Er hat ein klein wenig Talent und kompensiert seine stilistischen Schwächen und sein technisches Ungefähr mit einem ausgeprägten Sinn für Selbstironie und einer rührenden Simplizität. Sein Gedicht beginnt mit:

Au coin de la A 32, et de la 70
(An der Ecke der A 32 und der S 70),

womit dieses Gedicht wohl eines der ganz wenigen französischer Sprache sein dürfte, wo die Ziffer 2, *deux*, einen Reim auf «eux» nach sich zieht: entweder «amoureux» oder «malheureux» oder beides, verliebt und unglücklich.

Fassen wir es hier kurz zusammen: Unser Held erklärt in Knittelversen, dass er 1) obwohl verletzt, nicht aufgeben wird, 2) die Hoffnung bewahrt, unsere Heldin in Paris wiederzusehen. Eine meteorologische Parabel beschließt das Poem mit einem Reim auf «onde», der weder «blonde» noch «monde» lautet.

Unser Held schreibt sein Gedicht in feiner, gedrängter Schrift ab, reißt dann vorsichtig die Seite heraus und steckt das Blatt, ohne es zu falten, in die Brusttasche seines Hemds.

Er wartet. Er wird diese beiden Tage nichts anderes getan haben als warten, als Tricks zu erfinden, um die Wartezeit zu überlisten. Er ist ein Experte.

Sobald unsere Heldin eingetroffen ist, sobald ihr Fahrrad im Kofferraum des Nissan Almera verstaut ist, in den – sagen wir es hier noch einmal für den Fall, dass dieses Buch in den Ingenieurbüros des Automobilbauers gelesen wird – kein Fahrrad passt, schlägt unser Held ihr vor, sie dorthin zu fahren, wohin sie möchte. Ihre Wahl fällt auf die nächstgelegene Kneipe, dieses unmögliche Pub auf Höhe der A32, von dem schon die Rede war.

Unser Held hätte sich keinen besseren Ort für ein letztes Rendezvous aussuchen können. Da die Fahrt dorthin im Auto gut und gerne eine lange Minute dauert, hält er ihr leichthin die fünfzehn Zeilen seines Gedichts hin. Sie liest es, lächelt, ist amüsiert. Das dauert fünf Sekunden, und sie faltet das Blatt zusammen.

ELFTES KAPITEL

Über einige Details bei der Kleidung.
Eine allgemeine Bemerkung
und eine kulturelle Reminiszenz.
Se last moment.

Sie lässt ihr Fahrrad im Kofferraum. Im Pub bestellen sie zwei *brown ale* und setzen sich nach draußen, wo sich keine Menschenseele befindet.

Es wird dunkel und kühler. Unsere Heldin trägt nur ein T-Shirt und eine schwarze Strickjacke mit Reißverschluss, den sie hochzieht. Die schattige Wölbung ihrer Brüste verschwindet unter der Wolle. Sie zieht die Ärmel über ihre Hände, sie fröstelt, und durch die geweiteten Maschen schimmert die ganz leicht gebräunte Haut ihrer Arme. Unserem Helden gelingt es nicht, den Blick von ihr abzuwenden. Vor drei Monaten existierte diese Frau noch nicht. Wie kommt es, dass sie so viel Raum in ihm eingenommen hat, wo sie doch um nichts gebeten hatte?

Ohne Ironie stößt sie mit ihm an. Er will lieber nicht wissen, worauf sie trinkt. Auf seine Abreise? Auf diesen friedlichen Bruch? Auf den milden schottischen Sommer? Im Stillen trinkt er auf den Amur, auf alles, was er über ihn weiß. Auf die 4354 Kilometer zwischen seinem Ursprung aus dem Argun und seiner Mündung im Tatarensund, gegenüber der Insel Sachalin. Der Fluss Amur. Diesen schlechten Witz behält er für sich.

Unser Held taucht seine Lippen in dieses braune und bittere Bier, das er nicht mag und das er genau aus diesem Grund bestellt hat. Das Debakel bedurfte einer gewissen Harmonie.

Was sie sagen, ist einmal mehr ohne Bedeutung. Jeder Satz ist bereits gesagt, er bemüht sich zuweilen noch um Paraphrasen, sie immer weniger. Das Lächeln, das sie austauschen, drückt die Ermattung der einen und die Tristesse des anderen aus, gegen beides ist kein Wort gewachsen. Sie haben damit aufgehört, sich etwas vorzumachen. Sie musste sich kein dickes Fell überziehen, sagt sich unser Held. Nichts in ihr drängt sie zu mir, und in mir ist nichts, dem sie widerstehen müsste. Man unterdrückt sein Verlangen nur, wenn das Verlangen schwach genug ist, um unterdrückt werden zu können. Ovid, Blake, und nebenbei bemerkt auch wir, haben das schon lange vor ihm geschrieben, aber das ist unserem Helden hier und jetzt wirklich vollkommen egal. Er hatte geglaubt, dass er mit seiner Entscheidung abzufahren, vom Boot würde retten können, was noch zu retten war. Er begreift, dass es vielleicht niemals ein Boot gegeben hat.

Es gibt zwischen ihnen auch einige Momente der Stille. Er versucht weniger, sie zu füllen, als sie. Er kann sich vorstellen, dass sie sich schuldig fühlt. Denn sie fühlt sich häufig schuldig. Einmal, nachdem sie miteinander geschlafen hatten, hatte sie ihn verblüfft, als sie murmelte, dass eine solche Lust Sünde sei. Sünde. Er konnte sich nicht erinnern, jemals dieses Wort gehört zu haben.

Um sie aus der Verlegenheit zu befreien, macht auch er sich daran, die Stille zu überbrücken. Er beschließt, sie zum Lachen zu bringen. Er schafft es, das war leicht. Aber es war keine gute Idee, denn es ist so schmerzhaft, sie lachen zu hören.

Der Bierpegel in ihren Gläsern sinkt zu langsam. Unser Held hätte gern den Mut, die Sache zu Ende zu bringen, diesen Moment abzukürzen. Es reicht aber nur dazu, auszuhalten, dass er sich in die Länge zieht.

Einen Augenblick lang zieht er in Erwägung, ihr von der jungen Polin zu erzählen. Aber was will er über sie sagen, und was erwartet er denn eigentlich?

Will er ihre Reaktion prüfen, ein Gefühl in ihr wecken, eine – hypothetische – Eifersucht heraufbeschwören? Er begreift rechtzeitig, dass er definitiv Gefahr läuft, pathetisch zu werden und sich lächerlich zu machen. Er stellt sich ihre Antwort vor: schneidend. Zu Recht. Also schweigt er.

Der Andere kommt in drei Tagen, und unser Held, das ist kurios, fühlt keine Eifersucht. Dabei weiß er alles über die Eifersucht, diesen Ansturm von grausamen Bildern, in denen es nur um Sex, Körper, Besitz geht. Er betrachtet die blauen Augen unserer Heldin, ihren Mund, die geschwungene Linie ihrer Schulter, er versucht zu verstehen, warum es ihm nie gelungen ist, diesen Anderen als Rivalen zu betrachten, sich vorzustellen, wie die beiden sich lieben, und warum er, wenn er alles daransetzt, diese Szene, den Akt, wie die Psychoanalytiker sagen, zu rekonstruieren, sie nicht wirklich ernst nehmen kann. Die Erinnerung an ihre vergangenen Freuden bewahrt ihn zumindest davor.

Ein leises Lachen entfährt ihm, beinahe ein Seufzer. Was ist so komisch?, fragt sie. Er schüttelt den Kopf. Nichts.

Sie fragt ihn, ob er ihr böse sei. Sie fügt sogar hinzu, Das Recht dazu hättest du.

Nein, wirklich nicht, antwortet unser Held. Und er sagt nicht einmal die Unwahrheit. Er ist einfach nur niedergeschlagen.

Er hat wohl noch ein rettendes Wort im Kopf, doch er verkneift es sich. Warum drückt man immer fester auf die Fernbedienung, wenn die Batterien leer sind?

Acta est fabula, sagten die Alten.

Unsere Heldin lächelt ihn an, es fröstelt sie.

Unserem Helden ist es auch etwas kalt.

Sie trinken ihre Biere nicht aus.

Sie will alleine zurückfahren. Er bietet ihr an, sie zu begleiten. Sie lässt es sich gefallen. Sie fahren bis zur Kreuzung der A 32 und der S 70, nahe dem Schild mit Inchna... Genau. Richtig.

Er besteht darauf, weiterzufahren, um ihr wenigstens den langen Anstieg zu ersparen. Sie weigert sich, mit ihm weiterzufahren. Ihr Ton ist kategorisch, er insistiert nicht. Er ist auf elegante Weise hartnäckig geblieben, was nützt es, in Sturheit zu verfallen.

Er hält an. Sie willigt ein, noch einen Augenblick zu bleiben. Er erbettelt einen Kuss auf die Lippen. Sie gibt ihm dieses Almosen. Er schämt sich.

Sie holen das Fahrrad aus dem Kofferraum, er beschmutzt sein Hemd. Noch ein paar Worte, sie steigt auf ihr Gefährt, tritt in die Pedale und fährt los. Er sieht zu, wie sie sich entfernt, ohne sich umzudrehen. Das Herz und die Vernunft sind sich darin einig, diesen Moment nicht zu verlängern. Er setzt sich in den Nissan und fährt wieder los. Die zurückgeklappten Sitze werden nicht mehr von Nutzen sein.

Es ist nicht einmal halb zehn Uhr abends. Unser Held kehrt in sein Hotel zurück. Er muss warten, schon wieder. Das Flugzeug fliegt am nächsten Tag, in exakt vierzehn Stunden. Er macht sich Notizen, entwirft die letzten Kapitel, sagt sich, dass er sich später wieder damit beschäftigen wird.

Im Zimmer ist es dunkel. Von Zeit zu Zeit reflektieren die Wände das Licht von Autoscheinwerfern. Er schaltet den Fernseher ein. Bilder und Geräusche dringen in das ins Dunkel getauchte Zimmer ein. Er versucht, sich auf die Nachrichten zu konzentrieren. Die Attentate im Mittleren Orient, der Zyklon Miriam in Florida, der Prototyp eines neuen Automobils. Mit einer schnellen Bewegung schaltet er ihn wieder aus.

Müde hebt er eine Hand vor die Augen. Er fährt sich mit der Hand übers Gesicht, eine gewohnte Geste, riecht an ihr. Sie hat die Hand unserer Heldin gehalten, nur sehr kurz, aber doch zu lange, sie hat ihren Duft behalten. Nie war die Leere so groß. Um ihr zu entfliehen, reibt er die Hände unter Wasser, seift sie gründlich ein. Das Maiglöckchen widersteht dem Angriff der Mandel. Er steigt noch einmal unter die Dusche. Das Maiglöckchen gibt endlich nach.

ZWÖLFTES KAPITEL

Zurück in die Zukunft.
Über Leihwagen.
Ein annehmbarer Schluss.

Sein so frühes Erwachen hatte einige Vorteile: Er war wirklich müde gewesen. Ein Schlafmittel von hypnotischer Wirkung hat ihn in einen traumlosen Schlaf getaucht. Um sieben Uhr steht er auf, er steigt wie ein Roboter unter die Dusche, geht frühstücken. Es ist ein Luxushotel, das Buffet ist opulent, und um diese Uhrzeit ist er alleine: Er verschlingt einen frischen Grapefruitsalat, Erdbeeren, einen Joghurt, grünen Tee.

Dann bezahlt er das Zimmer. Die junge Polin ist nicht am Empfang. In diesem Augenblick hätte er gerne ihr Lächeln gesehen. Von der Rezeptionistin erfährt er ihren Vornamen. Also schreibt er ihr rasch einen freundschaftlichen, herzlichen Gruß, um ihr Glück und Erfolg zu wünschen. Er hinterlässt weder seine Adresse noch seine Telefonnummer. Aus Scham. Er hat Taktgefühl. Im Vertrauen auf *Google*™ unterschreibt er immerhin mit seinem Vornamen (und fügt seinen Nachnamen in Klammern hinzu). Er reißt die Seite aus dem Heft, faltet sie, reicht sie der Rezeptionistin, die – ihre zu gleichgültige Geste verrät es – ganz sicher seine Nachricht lesen wird, sobald er auf dem Absatz kehrtgemacht hat.

Im kalten Nieselregen wirft er das Gepäck in den Kofferraum. Er startet. Er fährt. Er verlässt Schottland nicht, er flieht aus Schottland. Er kommt abermals an der Kreuzung der A 32 und der S 70 vorbei, wirft einen letzten Blick auf das Straßenschild Inchnadamph. Man müsste dort ein Denkmal errichten. Die Kompression eines Fahrrads zum Beispiel. Wenn er gewusst hätte ... Wenn er was gewusst hätte? Er wäre trotzdem gekommen, er war unfähig, nicht zu kommen. Man soll nichts beschwören. Die Bitterkeit vom Vortag legt sich. Die Abreise ist nötig, wiederholt er sich. Paris ist eine andere Stadt, wo nichts und niemand mehr sie gefangen halten wird. Mehr will er nicht.

Unser Held fährt noch immer. Gnadenlos drücken die Scheibenwischer ein Blatt an den unteren Rand der Windschutzscheibe. Er schaltet das Radio ein, macht es sofort wieder aus. Er wünscht keinerlei Gesellschaft. Im Regen ist der Weg länger. Aber er kommt zwei Stunden zu früh am Flughafen an,

stellt das Fahrzeug bei Avis ab. Er richtet die Rücksitze wieder auf, inspiziert rundum die Karosserie.
Der Nissan ist unbeschädigt, nicht mal ein Kratzer.

Das Mädchen in der roten Jacke hinter dem
Schalter fragt, ob alles in Ordnung war. Er sagt, Ja,
danke, und dieser nichtssagende Wortwechsel treibt
ein Lächeln auf seine Lippen. Nicht alles ist schlecht,
er hätte einen Platten haben und sein Flugzeug ver-
passen können. Er fügt hinzu, nur so aus Prinzip,
Die Rücksitze lassen sich übrigens nicht tief genug
umklappen, um ein Fahrrad zu verstauen.

Da ist er nun im Flughafen. Der Himmel draußen
ist bedeckt, es regnet in Strömen. In der Abflughalle
ruft er unsere Heldin an, um ihr zu bestätigen, dass
er abhebt, aber auch, wie er zugibt, um noch einmal
ihre Stimme zu hören. Er muss ihr versprechen, dass
er nie wieder den Versuch unternehmen wird, sie in
Schottland zu besuchen. Das hätte er ohnehin nicht
getan. Sie akzeptiert, dass er erst nach ihrer Rück-
kehr einen neuen Versuch unternehmen wird. Er ist
zufrieden. Er ist nicht nachtragend, nicht verbittert,
er weiß, dass er noch daran glauben will. Er denkt
wieder darüber nach, was er ihr gesagt hat: Verliebt
sein bedeutet, dass es im Kopf warm wird. Etwas
Besseres hatte er nicht gefunden. Ihm ist es noch

warm für zwei, und das ist schon gut genug. Man wird sehen.

Die Abflughalle füllt sich nach und nach. Er bummelt. Der Duty-free-Shop. Sagt man der oder das Desk? Sein Blick fällt auf einen Schlüsselanhänger mit Plüschschaf. Er zieht eine Grimasse.

Ist es der schmutzige Teppichboden, die Hässlichkeit der Sitzreihen? Unser Held lässt sich nach und nach von der Melancholie unterkriegen, von Ängsten überwältigen. Er fürchtet plötzlich, dass mit ihr nichts jemals gewonnen ist. Dass sie jederzeit sein Leben verlassen kann, dass sie ihn seinem Schicksal als demnächst alter Mann überlassen wird, dem sie ein Leben mit Zukunft vorzieht. Wie will er ihr das zum Vorwurf machen? Ihr gehört die Welt, unser Held fühlt sich wie auf Bewährung. Sie ist dreißig Jahre alt, also fast noch zwanzig. Er fünfzig, da kann man auch gleich sechzig sagen. Wenn er diese morbide Logik umkehren würde, hätten sie beide dasselbe Alter, aber jetzt ist nicht der Augenblick für Optimismus. Er beugt sich unter diesem absurden Aberglauben der runden Zahlen. Wenn er in diesen Zustand der mentalen Auflösung, der Niedergeschlagenheit versinkt, dann fühlt sich unser Held so alt, dass er Blumen zum Welken brächte, wenn er sie nur berührte.

Er lässt sich auf einen unbequemen Sitz fallen. Sogleich wirft er sich diese resignierten Gedanken vor, die so weit entfernt von ihm sind, wenn er stark und fröhlich ist. Er sagt sich erneut, dass er jung ist, dass er noch so lange jung sein wird, wie er sich weigert, auf eine Zukunft zu verzichten. Heute ist er lebendig genug, um Welten aus den Angeln zu heben, noch verführerisch genug, um als Mann zu existieren. Das wird auch noch morgen wahr sein und übermorgen. Aber ein schrecklicher Satz kommt ihm in den Sinn. Er hat ihn in *Du hast das Leben noch vor dir* gelesen, er hat ihn für immer geprägt. Er war achtzehn Jahre alt, Ajars Buch war gerade herausgekommen, man wusste noch nicht, dass er Romain Gary war. Der kleine Momo spricht über Madame Rosa, er sagt, «Sie war mal eine Frau, und davon ist ihr noch ein bisschen geblieben.» Unser Held steht auf, durchstreift die Wartehalle, kommt im Gehen wieder zu Kräften. Dann setzt er sich, er senkt den Blick.

Er starrt auf das Grau des Teppichbodens, und es ist so, als ob, um mit einem abgegriffenen Bild zu sprechen, der Schleier zerreißt. Sein Alter, und das unserer Heldin, spielen keine Rolle bei ihrem amourösen Schiffbruch. Sie teilt nicht seine Ängste, sie kann sich nicht im Geringsten vorstellen, wie es ist, fünfzig Jahre alt zu sein. Wäre er zwanzig Jahre jünger, würde es nichts ändern. Wenn unsere Heldin nicht gewillt ist, ihr Verlangen auszuleben, ihm ihre Zärtlichkeit zu gewähren, dann weil sie mehr als alles andere den Schmerz flieht, weil sie Brüche scheut, weil sie Dramen fürchtet. Heute ist es so einfach, sich von ihm zu trennen. Das ist es, was unser Held endlich begreift. Es wurde Zeit. Er muss nunmehr ein Glücksversprechen für sie werden, das Abbild des Glücks. Dazu, so glaubt er, hat er das Zeug.

Und da fürchtet er nun, dass er es, sollte sie sich erneut mit ihm einlassen, seiner Beharrlichkeit, seiner Hartnäckigkeit verdanken muss. Wenn sie ihn anfangs der Anstrengungen wegen lieben sollte, die er unternommen hat, um sie zu erobern, würde sie ihn später auch aus freien Stücken zu lieben lernen? Wie soll man jetzt noch in die Unbekümmertheit der ersten Tage zurückfinden? Dies sind die neuen Fragen, die unseren Helden recht unnützerweise in dem Moment umtreiben, da die Stewardess seine Passagierklasse aufruft.

Das Flugzeug hebt pünktlich ab. Aus dem Bullauge schaut unser Held auf die vorbeiziehende und sich dann entfernende Rollbahn. Die Schafe, immer wieder die Schafe, werden kleiner. Zu sehen, wie sie schließlich verschwinden, verschluckt von der Höhe und seiner Kurzsichtigkeit, ist Erleichterung und Qual zugleich. Es gibt, falls gewünscht, Panini auf der Speisekarte. Eine Gruppe junger Franzosen auf Sprachreise grölt während des gesamten Fluges. Er versucht, sich zu erinnern, ob er, in ihrem Alter, genauso bescheuert war. Das ist gut möglich. Er sitzt auf Platz 16 A. Die Frau auf Platz 16 B bemüht sich, ein Gespräch in Gang zu bringen. Blond, plattnasig, ein Piercing an der Augenbraue, das ihrem Aussehen keinen Abbruch tut. Sie ist Pariserin, Forscherin, sie arbeitet für eine Firma, die auf genetisch veränderte Produkte spezialisiert ist. Sie nennt ihm ihren Vornamen. Er nennt ihr den seinen.

Sie erinnert ihn daran, dass sie beide im selben Flugzeug waren, auf dem Hinweg, als sie stundenlang festsaßen. Sie hatte ihn als sehr gestresst empfunden, ehrlich gesagt. Sie fragt, ob sein Aufenthalt in Schottland angenehm war.

Unser Held lügt sie nicht an. Er antwortet:

– Das Wetter war gut.

INHALT

DANK AN

Apple France
Avis Car Rental Inverness Airport
British Airways
British Telecom
Currabottle Inn
Great Southern Hotel Braemore
Glen Carron Park Hotel
Glen Carron Park Pub & Restaurant
Orange International
Taxis G7

Hervé Le Tellier
Die Anomalie

Der spektakuläre Bestseller aus
Frankreich: eine brillante Mischung aus
Thriller, Komödie und großer Literatur.
Im März 2021 fliegt eine Boeing 787 auf
dem Weg von Paris nach New York durch
einen elektromagnetischen Wirbelsturm.
Die Turbulenzen sind heftig, doch die
Landung glückt. Allerdings: Im Juni
landet dieselbe Boeing mit denselben
Passagieren ein zweites Mal. Im Flieger
sitzen der Architekt André und seine
Geliebte Lucie, der Auftragskiller Blake,

352 Seiten

der nigerianische Afro-Pop-Sänger Slimboy, der französische
Schriftsteller Victor Miesel, eine amerikanische Schauspielerin. Sie alle
führen auf unterschiedliche Weise ein Doppelleben. Und nun gibt es
sie tatsächlich doppelt – sie sind mit sich selbst konfrontiert, in der
Anomalie einer verrückt gewordenen Welt.

Hochkomisch und teuflisch intelligent spielt der Roman mit unseren
Gewissheiten und fragt nach den Grenzen von Sprache, Literatur und
Leben. Facettenreich, weltumfassend, ein literarisches Ereignis.

Weitere Informationen finden Sie unter **rowohlt.de**

Hervé Le Tellier
Kein Wort mehr über Liebe

Es ist Sommer in Paris, ein Jahrhundert-
sommer, in dem sich die Leben von
sechs Menschen kreuzen: zwei Frauen,
ihre Ehemänner – und ihre Liebhaber.
Es sind Menschen mitten im Leben, in
geordneten Bahnen, mit Familie. Alle
sind auf ihre Weise liebenswert, aber
nicht alle wissen zu lieben. Schnell ent-
flammen die Herzen, entstehen süße
Illusionen, doch bald kommen erste
Zweifel auf. Was ist jeder bereit, für die
neue Liebe aufs Spiel zu setzen? Jede

304 Seiten

Begegnung, jedes Rendezvous könnte das Ende bedeuten. Oder einen
Neuanfang ...

Eine charmante, kluge und zugleich sehr unterhaltende Komödie. Ein
Buch für alle, die gerne über Liebe sprechen.

Weitere Informationen finden Sie unter **rowohlt.de**